AF318034

HOMMAGE

DES

ARTISTES FRANÇAIS

À

PAUL DÉROULÈDE

FÉVRIER 1900

ÉDITION DE LUXE

N.º _______ du tirage.

HOMMAGE

DES

ARTISTES FRANÇAIS

A

PAUL DÉROULÈDE

Février 1900

EDITÉ PAR LE JOURNAL LE DRAPEAU
Rue des Petits Champs, 83. — Paris.

HOMMAGE DES ARTISTES FRANÇAIS
A PAUL DÉROULÈDE

Aujourd'hui, tous les Français dignes de ce nom, quand ils songent à Déroulède, éprouvent un sentiment fait de tendresse et de honte.

Tous, même ceux qui le désapprouvent — et je ne suis pas de ceux-là — d'avoir voulu délivrer son pays de l'anarchie parlementaire par un effort unanime et pacifique du peuple et de l'armée, gardent une estime et une sympathie profondes pour le grand patriote. Tous, sauf les gens du parti antinational qui sont au pouvoir et qui composent, hélas ! la majorité du Parlement, tous, n'en doutez pas, se disent qu'ils auraient jugé Déroulède comme l'a fait le jury de la Seine, dont la Haute Cour, par une criminelle forfaiture, a déchiré le verdict. Tous, ils aiment Déroulède, tous ils frémissent de colère et d'humiliation à la pensée qu'un tel homme — l'un des plus beaux caractères de ce temps — a été enfermé pendant de longs mois dans un cachot malsain, puis jeté brutalement hors du territoire, sans que l'indignation publique éclatât avec assez d'énergie pour intimider ses persécuteurs.

Du moins, si nous n'avons pas su nous opposer à cette scandaleuse injustice, nous cherchons chaque jour un nouveau moyen de consoler un peu celui qui en fut la victime. Les témoignages d'admiration et d'amitié que reçoit sans cesse Déroulède à Saint-Sébastien sont aussi nombreux que touchants; mais, après avoir feuilleté cet album que composèrent pour lui une cinquantaine d'artistes illustres ou tout au moins fameux, il me semble que voici le souvenir venu de France qui donnera la plus douce émotion au bien aimé proscrit.

Ils ont eu, en vérité, une pensée d'or, ces nobles artistes, une pensée digne de leurs cœurs où le souci du beau habite auprès de la bonté. A ce républicain fier et pauvre qui a tout sacrifié à son idéal — la république fondée sur l'honneur et la justice — ils font un cadeau digne d'un Roi. Ils lui offrent un trésor d'art, une opulente gerbe de ces fleurs de l'esprit qui ne se flétrissent jamais, un somptueux joyau ciselé par le talent, le bon goût et la grâce autour de cette précieuse perle de l'âme, l'amour de la patrie.

Le groupe de leurs souvenirs va partir pour l'Espagne et franchir la Bidassoa, comme un vol d'hirondelles, et, d'avance, les généreux artistes se réjouissent de la joie du cher exilé, quand il aura entre les mains ce bel album et qu'il y retrouvera un peu de la pensée française, un peu de l'art français, dans ce qu'ils produisent de plus rare et de plus exquis.

En ce moment, je me l'imagine, notre grand ami, dans sa villa de Saint-Sébastien, d'où l'on contemple un sublime paysage de mer et de montagnes. Je le vois, assis auprès de sa vaillante sœur, devant la table où il tourne les pages de cet album. Certes, il admire longuement, l'un après l'autre, les purs dessins, les lumineuses aquarelles, toutes les compositions belles et charmantes. Mais, tout à coup, sa vue se trouble. Devant la preuve de tant d'amitiés fidèles, il est attendri jusqu'aux larmes. Il relève la tête. Dans l'encadrement de la fenêtre, il reconnaît, vaguement profilée dans le lointain, la Rhune, cette montagne par laquelle commence la chaîne des Pyrénées françaises. Cependant la pensée qu'il est en exil lui est moins douloureuse et moins amère qu'ordinairement. Au contraire, il se sent le cœur inondé par quelque chose de doux comme l'espoir et de fort comme la confiance ; et, le regard vers la frontière, il se dit :

« Là-bas on ne m'oublie point !... On m'aime !... On m'attend !... »

François COPPÉE.

A Paul Déroulède

ENOCH et Cie, Éditeurs de musique
27, Boulevard des Italiens
PARIS

A PAUL DÉROULÈDE
Qui, lui, reviendra pour la gloire de la Patrie !
(Offert pour l'Album, Hommage des artistes Français)

OGIER LE DANOIS

AUGUSTA HOLMÈS

N? 2_En Fa, pour Baryton, (ton original)

Moderato (Tempo di Marcia) ($\quad$ = 84)

PIANO.

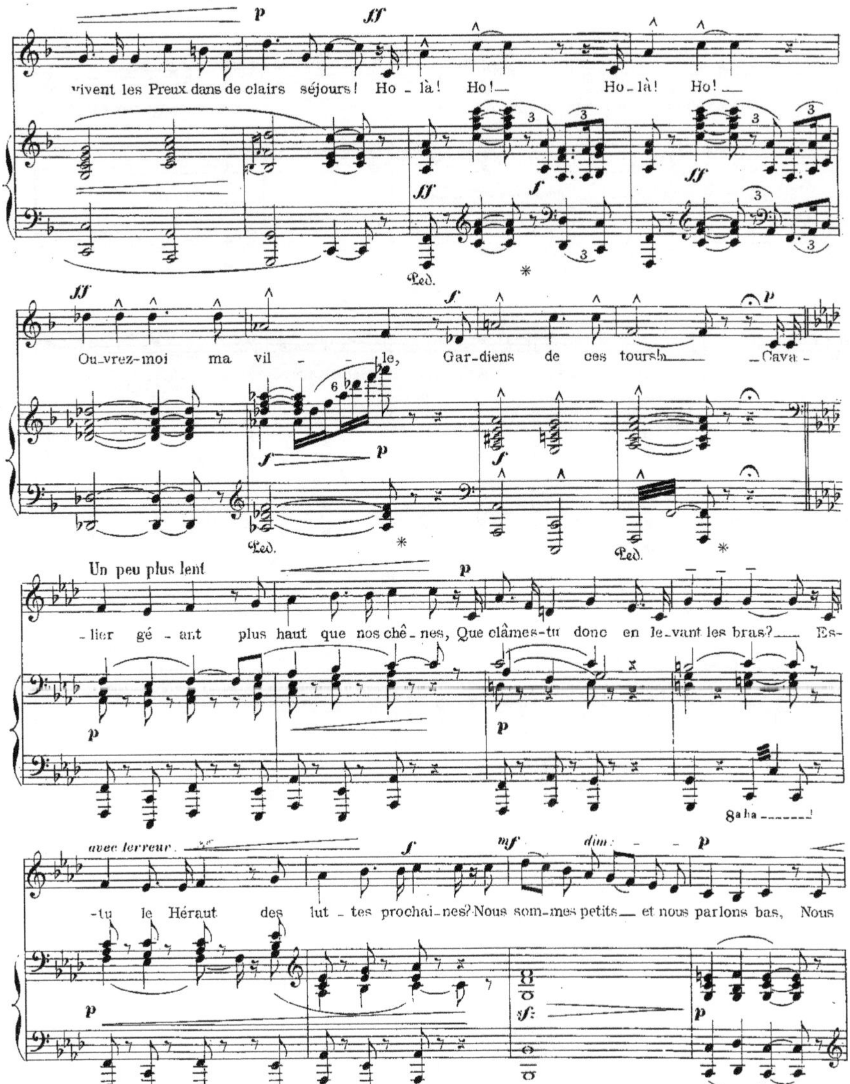

vivent les Preux dans de clairs séjours! Ho_là! Ho!__ Ho_là! Ho!__
Ou_vrez-moi ma vil __ le, Gar_diens de ces tours!__ __Cava-
Un peu plus lent
-lier gé_ant plus haut que nos chê_nes, Que clâmes-tu donc en le_vant les bras?__ Es-
avec terreur
-tu le Héraut des lut_tes prochai_nes? Nous som_mes petits__ et nous parlons bas, Nous

più f
mf
p
sommes vaincus, __ nous aimons nos chaî __ nes!
Pas __ se ton chemin! Nous
sf
più f
mf
1°. Tempo (♩ = 84)
ff
f
3
3
3
n'ou __ vrirons pas. «Ho __ __ là! Ho! __ Gardiens de ces tours! __ O-
p
ff
f
ff
f
3
3
3
Ped.
*
Ped.
*
p
__ gier le Danois, c'est moi, votre maî __ tre! __ Vous ne vou __ lez donc pas me re __ con __ naî __ tre?
p
cre __ __ scen __ do.
cresc.
mf
f
ff
f
ff
3
Je ne suis parti que de __ puis trois jours! Ho __ là! Ho! __ Ho __ là! Ho! __ C'est
cresc
mf
ff
mf
ff
3
3
Ped.
*

moi, vo _ tre maî _ tre, Gar _ diens de ces tours h______ _O-
un peu plus lent
_gier le Danois? Etranger, tu rê _ ves! Il a dis _ paru depuis trois cents ans!
Nous ne voulons plus de guer _ res sans trê _ ves... Nous avons de l'or, des pa_
_lais lui _ sants, Et pour nos plaisirs___ les nuits sont trop brè _ _ ves ....

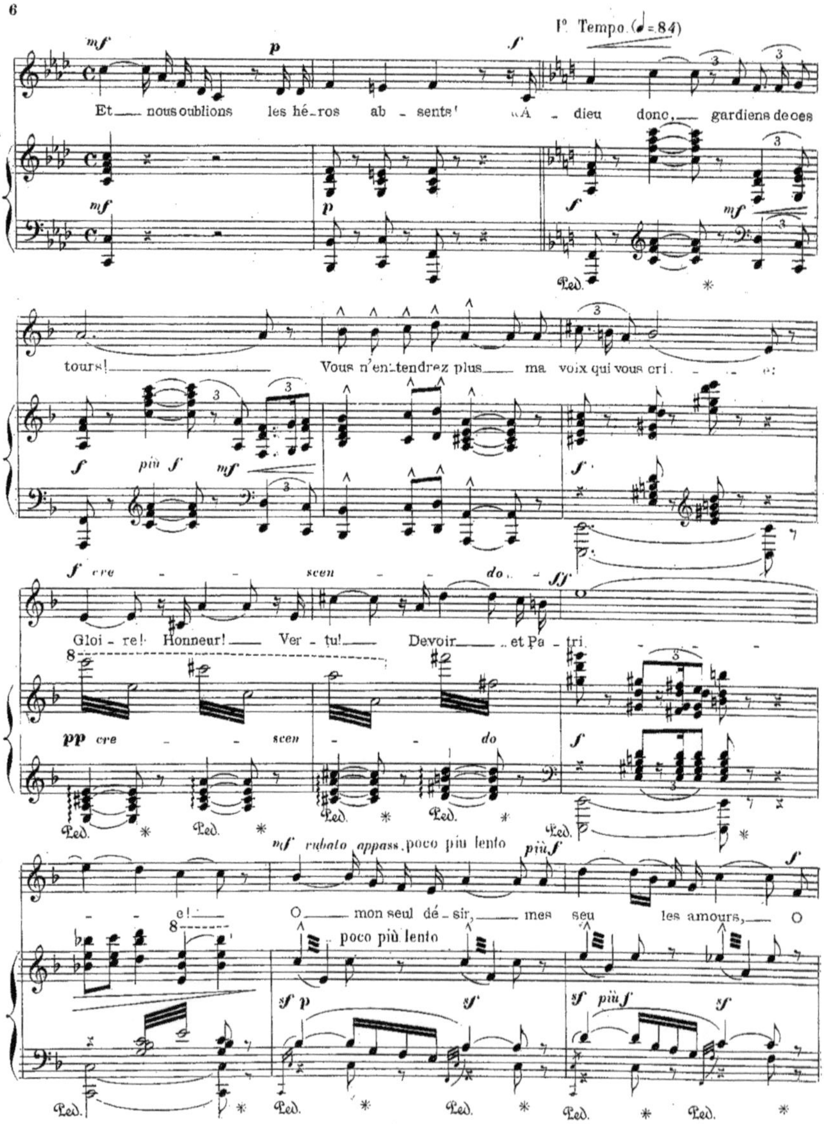
I° Tempo. (♩= 84)
Et nous oublions les hé-ros ab-sents! «A-dieu donc, gardiens de ces tours! Vous n'en-tendrez plus ma voix qui vous cri - e:
Gloi-re! Honneur! Ver-tu! Devoir et Pa-tri - e!
rubato appass. poco più lento
O mon seul dé-sir, mes seu-les amours, O
poco più lento
cre - scen - do
Ped.

p en pleurant.
Fran - ce! O Fran - ce! O Fran - ce fleu -
mf
una corda.
Ped.
- ri - e! A - dieu! A - dieu! A - dieu!
pp cre - scen - do.
1º Tempo.
pour tou - jours
1º Tempo.
una corda.
Ped.
M. FLEUROT G.
E.& C. 4511.
Paris. Imp. E. DUPRÉ, 26, rue du Delta.

IMPRIMERIE
PHOTOGRAPHIQUE
Paris — 11 et 13, rue des Arquebusiers.

LOUISE ABBÉMA.

JEAN BAFFIER. — *Portrait de l'auteur*

Jean Béraud. — *L'Adieu.*

LE GRAND CLAIRON

[illegible]

Pour l'Étranger, c'est un brave
Et lorsque la lutte est grave
C'est un rude compagnon ;
Il a vu mainte bataille
Et porte plus d'une entaille
Depuis les pieds jusqu'au front !

C'est un gâs de fière mine ;
Rien qu'à le voir au dessine
Qu'il a du sang sous la peau !
Il a l'air bien trempé,
Il est droit comme une Épée
Ou le héros du drapeau !

C'est le grand Clairon de France ;
Dans la joie et la souffrance
Elle est tout à ses amours :
C'est sa Sœur et son Amante !
Près d'Elle, dans la tourmente,
Il sonne, il sonne toujours !

et à la Haute [illegible]
Sur la Lorraine et l'Alsace
Il pleure encore aujourd'hui !
Sur leur Douleur et se penche,
On dirait que la Revanche
N'est mort [illegible]

Soudain, déjà [illegible]
Son Clairon sonne la charge,
[illegible] Clairon du Nord ;
Constant et [illegible] lodges,
[illegible]
Il sonne [illegible] partout !

On se Groupe, on l'espère autour,
[illegible] l'ordre, [illegible] et sonne,
Toujours lui, [illegible] debout !
Par dessus les [illegible]
Qu'emporté ses Colonnes ;
Il sonne, jusqu'au bout...

Jusqu'au bout, d'un souffle large,
Il nous sonnera la Charge
Et les Français le suivront !
[illegible] sonne, au Mont [illegible]
Fera tomber de sa bouche
Son Clairon... son grand Clairon !

                    [illegible]

à Paul Déroulède
G. Bourgain

BOUTIGNY — *Voltigeur.*

CARAN D'ACHE.

— A mon avis, camarade, cette mascarade durera tant que vous n'aurez pas le bonnet à poil!

P. DAGNAN-BOUVERET. — *Bretonne.*

Paul Déroulède à la prise de Montbéliard.
15 Janvier 1871.

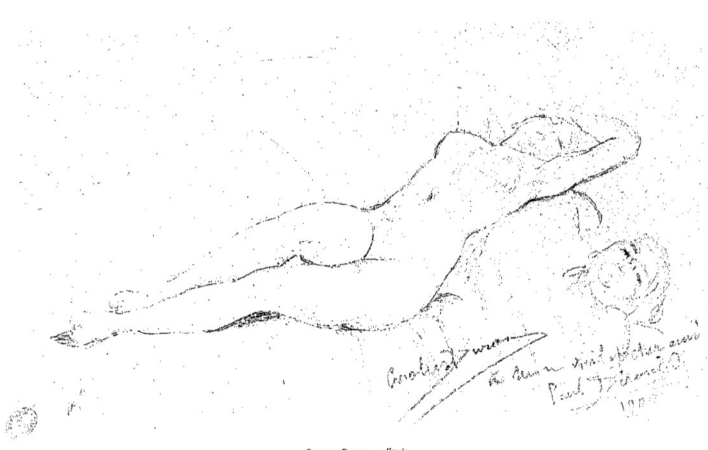

Carolus Duran. — *Etude.*

JEAN DELAHAYE.

FORAIN.

à mon ami Giacinto
mes plus hommage
J. L. Gérôme

I.

Le Croisé, au Pioupiou. (air de la Marseillaise)

Petit pioupiou ! Ce fut la gloire
De ton pays d'être croyant.
Dieu régna toujours sur l'histoire
Jusqu'au jour où le parlement
Biffant Dieu et les estocades,
Et recevant le camouflet,
A fait la France de Loubet
De notre France des croisades !

Allons ! Petit pioupiou ! chassons le cauchemar !
Chassons ! Chassons ! chassons le Loubet de Montélimar !

II.

La garde Française, au pioupiou

Regarde la, pioupiou, la France,
Aux lendemains de Fontenoy ?...
Elle avait la toute puissance,
Mais elle avait aussi le roy.
Pour elle, Brancas et Noailles,
Croisy, d'Estrées, du Châtelet
Dormaient leur sang. Monsieur Loubet
Aide à déchirer ses entrailles !

Allons ! Petit pioupiou !   Chassons le cauchemar !
Chassons ! Chassons ! Chassons !   le Loubet de Montélimar !

III.

Le Grenadier, au pioupiou.

Ton beau pays qu'on Judaïse,
Jadis eût pour porte drapeau
"Oh ! l'Homme à la Redingote Grise,
Le Napolion du Chapeau !
Briguant les palmes du martyre,
Après Auteuil, monsieur Loubet,
Par son chapeau, par son toupet,
A voulu éclipser l'Empire !

Allons ! Petit pioupiou ! Chassons le cauchemar !
Chassons ! Chassons ! Chassons le Loubet de Montélimar !

Job.

IV

<u>Le soldat d'Afrique, au pioupiou.</u>

Les soldats de la République,
Petit pioupiou, ce fut Kléber,
Hoche, Marceau .... L'armée d'Afrique
A triomphé d'Abd-el-Kader.
Bugeaud, d'Aumale étaient des types
Très chics ! Ils avaient du plumet,
De l'allure. Et monsieur Loubet
N'a rien pour lui, nom d'une pipe !

Allons ! Petit pioupiou ! Chassons le cauchemar !
Chassons ! Chassons ! Chassons le Loubet de Montélimar !

V

<u>Tous, au pioupiou.</u>

Petit pioupiou ! tends tes oreilles,
ouvre la porte de ton cœur.
Nous n'avons plus que toi. Tu veilles
Encore un peu sur notre honneur.

A DÉROULÈDE !

Ah ! ne permets pas que ta France
Finisse, en un dernier hoquet,
Sous les juifs et monsieur Loubet.
En toi nous gardons l'Espérance ?.....

Allons ! Petit pioupiou ! Chassons le cauchemar !
Chassons ! Chassons ! Chassons le Loubet de Montélimar !

à Déroulède !

P. GROLLERON. — *En reconnaissance.*

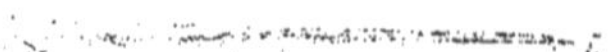

A. DE LA GANDARA. — *Étude.*

P.-M. LAMI.

Madeleine Lemaire. — Roses « France ».

Luc-Olivier Merson. — *La Justice blessée.*

MONTENARD. — *La cueillette des olives*

CHARLES MOREL.

CHARLES MOREL.

A. MORLON. — Tenez, dit-elle, et Dieu vous garde !

(La Cocarde).

M. ORANGE.

Vive la France
Paul Déroulède
Hommage respectueux et
de tout cœur
M. Orange

M. ORANGE.

Buste de Paul Héroult.

PÉNICAUT.

Reichshoffen

A.-F. PRONIER. — *Vive la France !*

FRÉDÉRIC RÉGAMEY — *La voix ne te trompera pas.*

30

ROGER-JOURDAIN. — *Portrait de M. Barillier.*

H. RONDEL.

J. ROUFFET. — L'Étendard.

L. SERGENT. — *Le Turco.*

Et le vieux turco ne cessait de dire :
« Oui, petit Français, tu les as vaincus ».

Courage ! Espoir !
Petit chasseur bleu
Le beau soleil de France
chassera bientôt tous ces corbeaux
et balaiera cette neige qui vient
de l'étranger
Au seul homme de cœur et de
courage. A Déroulède   L. Vallet

GEO WEISS. — *Grenadier de l'Empire.*